KB042069

한 사람이 다녀갔다

한 사람이 다녀갔다

김선태

천년의시작

시인의 말

한 사람이 다녀갔다. 다녀간 뒤 다시는 돌아오지 않았다. 그때부터 기다림의 어깨는 한쪽으로 기울었다.

짝사랑은 세상에서 가장 안타깝고도 황홀한 사랑의 방식이다. 오늘도 나는 그 그림자 속에 스스로 갇혀 공허한 행복감에 떨며 우두커니 서 있다.

오랜 망설임 끝에 누추한 사랑의 편린들을 하나로 묶는다. 사랑시의 진정성을 이야기하고도 싶었다. 긴 시와 짧은 시를 교직시켰다. 그러나 모두 사랑을 잃은 자의 노래다.

뒤돌아보는 자여, 네 모습이 쓸쓸하다.

2017년 여름

차 례

시인의 말

6

제2부

작은 엽서에 너의 이름을 쓰다

제1부

뒤돌아보는 자여, 뒤돌아보는 자여

함박눈

딱 한 번뿐인 사람
그만,
산모퉁일 돌아가신 뒤
털썩, 세상 어둠 주저앉는데
밭둑 너머 폭죽처럼 터지던 그리움
목화송이,
환한 눈물로 길을 밝히던 것을.

딱 한 번뿐인 사랑
차마,
울며 다녀가신 뒤
철컥, 문고리 녹슬게 걸어 잠근
마음의 빈방 봉창을
쓰러질 듯 찾아오시는 눈발
목화송이,
아.

치명
— 작은 엽서 · 1

네가 내 생의 한복판을 관통했다.

겨울 낙서
— 작은 엽서 · 2

그대 떠난 지 이미 오래거니.

그래도 살다 보면 그대 얼굴 보고 싶어
주검처럼 지쳐 돌아오는 가난한 겨울 저녁
바람 부는 거리 한 모퉁이에 잠깐씩 멈춰 서서
무수히 발가락 끝으로 끄적거려보는
그대의 얼굴과 이름
언제까지나 지울 수 없는 한 가닥
그리움이었네 사랑이었네.

그대 떠난 지 이미 오래거니.

겨울비

이렇게 떨리는 손끝으로
그대의 야윈 어깨를 두드리고 싶었습니다.

이렇게 차고 맑은 목소리로
먼 곳에 있는 그대를 부르고 싶었습니다.

지금 세상은 눈으로 덮이고
들판 위로 바람은 끝없이 헤어지는데
모든 죽어가는 것들의 기억을 일깨우며
이렇게 때 아닌 눈물로
세상에 내리고 싶었습니다.

이제 모든 길은 지워지고
이미 떠나버린 그대
오래도록 돌아올 수 없음을 알아
빈 호주머니 속 남은 손 시린 사랑을 만지작거리며

이렇게 잠든 세상의 끝에서

언제까지나 그대를 기다리고 싶었습니다.

마음에 들다

너를 향한 마음이 내게 있어서
바람은 언제나 한쪽으로만 부네.

나는 네가 마음에 들기를 바라는 집
대문도 담장도 없이 드나들어도 좋은 집.

마음에 든다는 것은 서로에게 스미는 일
온전히 스미도록 마음의 안방을 내어주는 일.

하지만 너는 언제 돌아올지 모르는 사람
나는 촛불을 켜고 밤늦도록 기다리는 사람.

그렇게 기약 없는 사랑일지라도
그렇게 공허한 행복일지라도

너를 향한 마음이 내게 있어서
바람은 언제나 한쪽으로만 부네.

사랑을 잃은 자의
— 작은 엽서 · 3

가난한 자의 호주머니 속은 깊다
언제나 찬 손이 나란히 꽂혀 있다.

사랑을 잃은 자의 호주머니 속은 헐겁다
언제나 공허한 바람이 무시로 들락거린다.

어떤 전설

어릴 적 조그만 계집아이
눈망울이 곱고 백합처럼 하얀 얼굴
연필에 침을 발라 편지를 썼지요
밤마다 꿈도 꾸었답니다
몰래 간직한 소녀의 얼굴은
외골수 소년의 그리움이었지요
아무도, 아무도 모르게
숨어서만 가슴을 조였답니다
어쩌다 눈길이라도 닿을 때면
아니라는 듯 고갤 떨구었고
어쩌다 가까이 마주칠 때도
화들짝 놀라 멀리 달아났지요
소녀가 예쁘고 활달할수록
소년의 마음엔 자꾸만 그늘이 지더랍니다
그래도 굳게 믿고 있었답니다
소녀는 소년을 닮은 이라고

6년 동안 늘 한 반이었지만
단 한 번도 말을 건넨 적은 없었습니다

그리고,
세월이 바람개비처럼 돌아갔더랍니다
그 이상은 이야기할 수 없습니다.

설야

— 작은 엽서 · 4

그리운 모습 그대는 멀다
아련한 모습 너는 가깝다
다만 외로이 멀고 가까움
깊은 겨울밤 뽀롱한 촛불
사륵 사르륵 눈 오는 소리.

맹목적인 너무나 맹목적인
— 작은 엽서 · 5

누군가
가슴 한복판을
뻥,
포탄 구멍처럼 가져가버린 뒤
끝끝내 돌아오지 않는,
오늘도 눈먼 바람만
저 혼자 들락거리는,
캄캄한 기억의
한 페이지.

조숙

어릴 적 동구 밖에 핀 찔레꽃처럼 보면 하냥 마음
이 애지고 막막해지는 계집아이가 우리 반에 있었
는데

마주치면 제대로 쳐다보지도 못하고 고갤 숙이며
지레 먼 논둑길을 도망치다 자꾸만 발을 헛디뎌 넘
어지곤 했는데

그런 날은 아니 그 다음날은 무슨 죄라도 지은 양
아예 학교도 작파한 채 산에 숨어 놀다 저물 무렵 기
신기신 집으로 기어들곤 했는데

열 살쯤이던가, 촛불을 들고 칠흑 같은 벽장 속에
들어가 종일토록 연필에 침을 묻혀 쓴 편지로나 간
신히 말을 걸고 싶었던 것인데

무슨 세상에나 가장 어려운 말이라도 적혀 있었던 지 졸업가를 부르는 순간까지도 건네지 못하고 결국 손때만 잔뜩 묻은 걸 다시 벽장 깊숙이 감춰버렸던 것인데

사십 년쯤 지났을까, 지금도 그걸 생각하면 찔레 꽃처럼 마음이 환해지는 것이어서 연어처럼 지난 세 월의 강물을 숨차게 거슬러 오르고 싶기도 한 것이 어서

너를 만나기 위해

　너를 만나기 위해 나는 내장산 단풍 같은 금붕어 집 앞에서 날마다 기다렸다. 바람 불고 눈비 와도 하염없이 거기에 서 있었다. 그렇게 기다리고 서 있는 자세로 마냥 행복했다. 그러나 너는 좀처럼 오지 않았다. 오지 않는 기다림 속으로 세월은 거대한 강물처럼 흘러갔고, 기다리며 부른 노래들이 낙엽처럼 수북이 쌓였지만 너는 끝내 오지 않았다. 나는 기다림에 지쳐 서서히 병들었고, 그 내장산 단풍 같은 금붕어 집마저 문을 닫고 말았을 때, 나는 마침내 지금까지의 기다림을 폐기 처분하고서 다시 빈 몸으로 어디론가 떠나기로 했다.

억새의 연가
— 작은 엽서 · 6

바람아, 우리는 어디에서 헤어지는가
늦가을 스산한 언덕인가
모두가 떠나버린 빈 들판인가.

바람아, 너는 상처의 어디쯤을 읽어 내리는가
뚝뚝 부러져 피 흘리는 허리인가
미친년처럼 하얗게 산발한 머리인가.

바람아, 이제 더 남은 무엇을 데려가려는가
사시나무처럼 떨고 있는 사랑인가
앙상한 뼈만 서걱이는 그리움인가.

내 가슴속은 언제나 시디신 바람만 불고

투명하게 비어 있어 겨울인 내 가슴속은 언제나 시디신 바람만 불고 흰 종잇조각처럼 야윈 눈발이 날린다. 마음속에 겹겹이 쌓여 있는 우울의 더미, 웃으며 불태우지 못하는 가랑잎 같은 사연들이랑 함께, 내 젊은 날 이리도 시린 풍경 가슴에 담고서 언제나 안으로 울었다 아픔에 겨워, 언제나 말이 없었다 박제된 슬픔처럼. 이 소스라치게 비어 있는 풍경을 지우지 못하고 차갑게 울면서 걸어가는 오늘도 서늘한 가슴 한복판을 세차게 읽어 내리는 바람이 불고 사방팔방으로 찢긴 눈발이 날린다.

다시, 겨울비
— 작은 엽서 · 7

오늘도 저무는 겨울 거리에
헉, 느닷없이 쏟아지는 그리움
누구 하나 다가와 씌어줄 우산이 없는
빛바랜 군복 같은 내 청춘
연탄불 꺼진 지 오래인 자취방
늘 저 혼자 떨고 있는 싸늘한 촛불.

네가 오고 다시 가고

밤 버스 압해도 종점 그 어둑한 공터에
쓰레기 버리듯 우리를 토해놓을 때
불던 바람 거칠게 모든 것을 뒤흔들었다
오지 말아야 할 곳에 우리가 당도해 있다는 의
식이
서로를 꼭 껴안고 부축하며
왔던 길을 떨면서 다시 가게 했다
그 황량한 길은 그래도 따스했다
갈대들이 겨울 달빛을 받아 한쪽으로 쓸리는
낯선 여관의 누운 창가로 황급히 지나가는 세월
우리 밤새 없는 사랑의 봄을 이야기할 때
나는 그 고통의 더미와 뒹굴며
새로이 시작되는 사랑을 꿈꾸었다
나는 너를 끝끝내 사랑할 수밖에 없구나
끝끝내 그 상처의 흔적을 만지며 가는구나
내가 새삼 그것을 뼈저리게 느끼다니

아, 이 끝없는 막막함, 가슴 터짐

우리가 쉽게 서로의 속으로 들어갈 수 없는 비애

들이

안녕, 안녕 손을 흔들었다

그래, 내가 저 목포 앞바다의 절망보다 시퍼렇게

또 넉넉하게 기다려주마.

이래도 되는 걸까
— 작은 엽서 · 8

이래도 되는 걸

까 정말 이래도 되

는 걸까 무엇보다도 내가 이래도 되

는 걸까 믿었던 네가 이래도 되

는 걸까 그토록 사랑하던

우리가 이래도 되

는 걸까 결국

이래도 되는 걸

까?

갈대의 시

황량하다고 너는 소리칠래
버릴 것도 추스를 것도 없는 빈 들녘
바람이 불면 외곬으로 쓰러져 눕고
다시 하얗게 흔들다 일어서는 몸짓으로
자꾸만 무엇이 그립다 쉰 목소리로 오늘도
그렇게 황량하다고 너는 소리칠래
소리쳐 울래.

외롭다고 너는 흐느낄래
만나는 바람마다 헤어지자 하는 겨울
지금은 싸늘히 식어버린 사랑이라고
메마른 어깨마다 아픔으로 서걱이며
떠는 몸짓으로 누군가를 기다리는 오늘도
그렇게 외롭다고 너는 흐느낄래
흐느껴 울래.

그해 겨울 속으로
— 작은 엽서 · 9

그해 겨울 속으로 너는 떠났다

한 마리 새처럼

앙상한 나뭇가지 끝에서 나는 울었다

한사코 바람 부는 쪽을 바라보다

하늘 한쪽이 텅 비었다

그 허공에 눈송이 몇 개

쓰러질 듯 비척거렸다.

연鳶
— 작은 엽서 · 10

그리움

긴 끈

툭

끊어져

아슬한

하늘가

번지는

이내.*

* 이내嵐氣 : 해 질 무렵 멀리 보이는 푸르스름하고 흐릿한 기운.

내 속에 파란만장

내 속에 파란만장의 바다 있어
하루에도 몇 번씩 썰물이 지네.

썰물이 지면 바다는 마음 밖으로 달아나
질편한 폐허의 갯벌 적나라하네 상처가
게들처럼 분주히 그 위를 기어다니네
찍힌 발자국들 낙인처럼 무수하네
소나기 내리면 갯벌이 제 검은 살점을
잘게 뜯어내며 오열하는 것을 보네.

밀물은 만灣처럼 깊숙이 파인 가슴속을
철벅이며 오네 잘 삭은 위로처럼
부드럽게 갯벌을 이불 덮네
그러나 내 속에 밤이 깊을 대로 깊어서
만조가 목까지 차올라 울렁,
울렁거릴 때 별안간 무서운 해일이 일어

마음의 해안선 전체가 넘치도록 아프네.

내 속에 파란만장의 바다 있어
하루에도 몇 번씩 밀물이 드네.

낯선 곳에서 하룻밤

마음의 눈보라 하염없이 흩날리는 날
나 홀로 낯선 곳에 와 몸을 눕히고
이렇게 하룻밤 쉬어갑니다.

한 자락 바람에도 가슴 시리던 젊은 날
한 여자를 사랑하다 절망하여 눕던
기억까지 저만치 버려두고서

오늘은 홀로 낯선 곳에서 하룻밤
투명한 물빛 객수만을 껴안고
이렇게 하룻밤 쉬어갑니다.

배호
— 작은 엽서 · 11

그해 늦가을 내내 배호만 들었다
나는 그만,
낙엽처럼 지고 싶었다.

부르면 길들여진 메아리처럼

다치면 반복되는 느닷없는 밤의 피난
내가 도갑사에 와서 허겁지겁 낯선 여관에
철 지난 사랑의 낡은 보따리를 풀고 엎어져 누울 때
밤새 상처의 검은 부위가 못 견디게 아프고
이미 오래전 와르르 무너져 깨진 사랑의
적벽돌을 다시 쌓아 올리지 못했다.

지쳐 잠든 추운 꿈속의 겨울
절망의 이불만큼 깊고 두껍게 쏟아붓는 폭설
길 끊어져 만날 수 없는 나라에 네가 살고 있다지만
참말 그리움 깊으면 천리 밖의 사람도 보인다는데
꿈꾸지 않아도 훤히 보여 버린다는데 하는 생각
그렇게만 과신을 끌어안고 잠든 밤이
차라리 포근했는지 모르지.

이제 돌아가고 싶어도 날이 밝으면

눈을 뜰 사실이 두려운 도갑사의 밤

그러나 내가 튼튼히 네게 묶여 있으므로

부르면 길들여진 메아리처럼 빠르게 돌아갈 것
이다.

그리움의 기다란 끈
— 작은 엽서 · 12

네가 있다가 없는 자리
깨진 기억의 사금파리들 남아
반짝이는 하오下午
배추꽃 장다리꽃 눈부시게 흐드러지네
마음속 고무줄 같은 그리움의 기다란 끈
산을 넘고 바다를 건너는 처연한 봄날.

기다림

어떤 날은 네가 무섭도록 보고팠다
그러나 가장 절실할 때 널 찾지 않기로 했다
그 숱한 그리움으로 수일을 앓고
물빛 투명한 심상으로 너를 떠올릴 때도
못내 널 찾지 않기로 했다
어느 외진 바다 기슭에서
수없이 파도에 씻겨 닳아진 차돌처럼
견고하게 다져진 외로움 그대로
끊어질 듯한 기다림의 목울대 그대로
혼자서 살아가는 날의 그 공허한 행복감
쨍쨍 맑은 어느 날 높고 외딴 봉우리에
흰 한숨처럼 감기는 구름인 듯
사랑이여, 그때 홀연 네가 오려나.

반달
— 작은 엽서 · 13

저 심장의 반쪽을 누가 떼어 갔나.

제2부

작은 엽서에 너의 이름을 쓰다

땅끝*에서 일박

1.

삶이 거추장스럽게 껴입은 옷과 같을 때
내 서른 몇 살의 온갖 절망 데리고 땅끝에 와서
병든 가슴처럼 참담하게 떨리는 바다를 본다
활처럼 휘어 구부정한 마을 입구를 돌아
사자봉 꼭대기를 헉헉 기어올라서면
막막하여라, 파도만 어둡게 부서지고 있을 뿐
군데군데 떠 있는 섬 같은 희망도
오늘은 안개에 휩싸여 보이질 않는구나
넘어지고 다치며 불편하게 끌고 온 젊음
어디에서 세상의 아름다움을 볼 수 있을까
어디에서 잃어버린 너를 찾을 수 있을까.

2.

막차를 놓쳐버린 적막한 어촌의 밤
주막거리 뒤쪽에 누워 밤 파도 소릴 듣는다

왜 살아야 하냐고

더럽게 구겨진 누더기 같은 삶을

얼마나 더 살아야만 하냐고

파도는 밤새 방파제를 치며 울부짖었지만

그러나 보아라,

여기 스무 몇 가구의 집들이 야윈 어깨를 포개고

그래도 고즈넉이 잠들지 않았느냐, 저기

가파른 낭떠러지 바위들도 어둠 속

무릎 세우고 의연히 서 있질 않느냐.

3.

편지를 쓰리라

떠나간 사랑에게 편지를 쓰리라

막차는 떠났어도 돌아가야 할 내일을 남겨놓은

땅끝에서 일박

밤이 깊을수록 더욱 거칠어지는 파도 소릴 들으며

아직 나는 살고 싶노라고

새벽토록 길고 긴 편지를 쓰리라

하여, 어느덧 내 잠든 꿈속으로 밀려들어온 바다

그 만경창파 속살을 헤치고 마침내

나는 푸른 섬 하나로 눈부시게 떠오르리라.

＊땅끝 : 전남 해남군에 있는 한반도의 최남단.

별
― 작은 엽서 · 14

별別한 자에게 별은
울고 있는 것이다
반짝이는 게 아니라
아스라이 먼 거리를
눈물로 교신하고 있는 것이다.

달맞이꽃

오늘도 기다림 하나로 행복한
달맞이꽃 한 송이 피었습니다
쓰다 버린 슬픔들이 떠내려 쌓인 하천에
몸을 담근 달맞이꽃 한 송이 피었습니다
밤이 오고
달빛마저 없는 무수한 밤이 오고
날이 새도록 언제나 부황 든 사랑
날이 새도록 언제나 부황 든 기다림의
달맞이꽃 한 송이 피었습니다
어느덧 늦가을이 와서 꽃잎마저 이우는 날
마침내 기다림 하나로 지쳐버린
달맞이꽃 한 송이 사위어갑니다.

아스팔트 위로 검은 추억이
— 작은 엽서 · 15

네가 내게로 다가왔던 발자국 위로 비가 내리고

빗방울들이 낙인처럼 찍힌 발자국들을 잘게

물어뜯으며 오열하고 있는 걸 본다.

아스팔트 위로 검은 추억이

낭자하다.

또 기다림

— 작은 엽서 · 16

오늘도 남녘 항구에 나가 앉아
먼 곳에 있는 그대를 생각하였습니다
오늘도 바람 부는 항구의 끝에서 저물도록
오지 않는 그대를 기다렸습니다
기다리는 세월 속 나는
갈매기가 되고 바다가 되고
그리고 넉넉한 어둠이 되었습니다
빈 낚싯대를 거둬들이듯 돌아서 와도
그냥 말없이 행복하였습니다
온다는 기약 하나만으로
충분히 아름다웠습니다
그러나,

거리 두기

사랑하는 동안 사랑은 없다
사랑한다는 말과 격정만 들끓을 뿐
바로 그래서 사랑은 곁에 없다.

가까이 있는 동안 사랑은 멀다
서로의 몸과 마음만 한껏 끌어당길 뿐
바로 그래서 사랑은 멀리 있다.

없어야 간절하게 있고
보이지 않아야 분명하게 보인다.

그러므로 사랑이여 거리 두기를 하자.

오지 않는 것만이 기다림이다
외로우니까 몸에서 마른 잎 타는 냄새가 난다
거기 살가죽 다 벗어버린 그리움의 뼈가 있다.

참사랑은 이별 후에야 온다
그것도 캄캄한 눈물을 오래 흘려버린 뒤에야
비로소 말갛게 찾아온다.

느리게 혹은 둥글게

나는 미욱하여 늦게,
아주 늦게, 네게
닿고 싶다
가장 먼 길
휘어져서, 꾸불꾸불.

세상을 한 바퀴
두루 산보하고서야, 너를
지구처럼 둥근 너를
가질 수 있을,
것 같다.

그때까지는 아예
조인 허리띠도 풀어버리고
귀와 눈도 닫아버리고
졸고 싶다
마음조차 *끄고*, 꾸벅꾸벅.

낮달
— 작은 엽서 · 17

가랑잎 같은 그리움 몇 개
말갛게 갈앉은 마음의 심연 속
사금파리 같은 흰 낮달이 떴다.

무엇인가 저것은
아직도 내 마음속에 살고 있는
네 마음인가
끝내 지울 수 없는
네 그림자인가.

동거

진주가 보석으로 이름값 하는 것은 조개라는 숨은
배경이 있기 때문이다.

모나고 보잘 것 없는, 고통의 씨앗인, 어쩌면 원
수 같은, 모래 한 알을 내뱉지 못하고 기어이 몸속
손님으로 받아들인 조개의

저 아름다운 동거.

제 피와 살점을 뜯어 먹여 마침내 완벽한 진주로
키워내고야 마는 조개의

저 지독한 사랑.

그러므로 조개는 진주의 밥이요, 집이요, 연인이
요, 모든 것이다. 이름 없는 조개는 이름 있는 진주

의 진짜 이름이다.

　상처 난 조개만이 진주를 품을 수 있다. 진주의
중심엔 언제나 조개의 고통이 스며 있다.

꽃
— 작은 엽서 · 18

내 몸에 손대지 마
제발 좀 내버려둬.

바위 같은 고독
칠흑 같은 절망이면 어때
천만 번 울부짖어서
나 혼자 필 테야.

벌 나비가 찾아와도
끝까지 없다고 그래.

마음의 거처
— 작은 엽서 · 19

마음은, 지금, 어느, 남쪽, 섬, 기슭, 한 마리,
갯고둥처럼, 엎어져, 있어라.

독살

신안군 자은면 할미섬엔 아직도 독살이 있다
원시시대 돌그물이다
물고기들은 예나 지금이나 이 돌그물에 걸린다
아니 갇힌다
밀물 때 멋모르고 들어와
시간 가는 줄 모르고 뛰어놀다가
어느새 스멀스멀 돌 틈으로 썰물이 져서
미처 빠져나가지도 못한 신세가 된다.

나 세상에 태어나
너라는 독살에 갇힌 적이 있다 딱 한 번
갇힌 뒤 지금도 빠져나가지 못했다
폐허의 갯바닥에서 한 마리 숭어처럼 파닥이고
있다
그놈의 원시적 사랑법을 버리지 못하고
끝내 자승자박의 물고기 되어

아직도 너라는 튼튼한 돌그물에
꼼짝없이 갇혀 있다.

품는다는 것

품는다는 말 속엔
한없이 넉넉하고 포근한 어깨가 있다
어미가 새끼를 품듯이.

남자는
한 여자를 품을 때
여자를 제 속에 온전히 들여앉힐 때
처음으로 어미가 된다.

한 번 제 속에 들어박힌 여자를 위해
아무리 아파도 소리 지르지 않고
기꺼이 피 흘리는 어미가 된다.

나, 세상에 와서 딱 한 번
불쏘시개 같은 여자를 품은 적 있다
그 여자를 위해 무화과처럼
붉디붉은 속울음 꽃을 피운 적 있다.

제비꽃
― 작은 엽서 · 20

오늘은 외딴섬 벼랑에 핀
제비꽃 한 송이를 만났습니다
뚫, 어, 져, 라
쳐다보았습니다.

어쩌자고, 불현듯

자정이 가까운데

어쩌자고, 불현듯, 텅 빈, 간이역

아득히 너를 떠나보낸 시간 속에 내가 서 있었네

우두커니 흐릿한 기억을 닦아보지만

창 너머 어둠은 이별 쪽으로 캄캄하게 깊었네

아직도 기다림은 살고 있는가 물었네

자정이 되자

낡은 열차 하나 다리를 절뚝거리며 다가오다

그만, 철커덕, 주저앉았네.

갯고둥과 나
— 작은 엽서 · 21

적요의 바닷가에
갯고둥이 있고
저 혼자 붙어 있고

적요의 바닷가에
내가 있고
혼자서 앉아 있고

이렇게 둘이서
종일토록 논다
꼼짝 않고
논다.

제주 비가

1. 제주 새벽 거리

그때를 기억하지
한라산 중턱 어디쯤 죽어버린 너를 묻고
돌아서 내려오던 그때, 아무도 없는
제주의 새벽 거리를 내가 형형히 기억하지
그것은 차라리 죽음의 거리였다
어둠이 잠복해 있는 시가지를 지나 항구로 가는 길
아직 잠들어 있는 거리와 방파제 너머 바다와 달빛
그리고 달빛 아래 희미한 수평선
참으로 그때 내 몸은 완전히 가벼워져
바람에 날리는 종잇조각 같았다
너의 혼을 이승의 끝까지 전송하고 오던 그때
제주의 새벽 거리, 죽음의 거리.

2. 제주 바다

참혹하구나, 제주 바다여
내 어찌 이 멀고 먼 곳까지 와서
어둡게 어둡게 너를 바라보아야 하는가
끝없이 끝없이 절망하고
시퍼렇게 나를 밀어내는 제주 바다여
그 배신의 무수한 손바닥이여
네가 가고, 그 뒤를 내가 좇아가야 하는데
아, 그러나 제주 바다여
아직은 순순히 네 품에 안길 순 없구나
배 위에 올라 망연히 흰 손수건을 던지며
너의 추억을 찢어 날리며
지금은 결코 네 품에 안길 순 없구나
돌아가야 할 뱃길 막막하고 끝없어라
제주 바다여, 지옥 같구나.

3. 진혼가

죽은 너는 이 소리를 듣는가
아름다운 사람아,
너를 부르는 소리 천지에 가득 차서
제주의 새벽 산과 들, 그리고 바다를 넘나드는데
우렁우렁 뱃고동 소리로 흥청 깨어지는데
너는 차마 이 소리를 듣고 있는가
무덤 속 네가 다시 환생하여 달려올 것만 같은
제주의 새벽 산과 들 그리고 바다에
아, 온통 죽은 너의 모습이 있구나
괴롭게 죽은 너의 모습이 울고 있구나
아름다운 사람아, 부디 잘 가라
죽음으로 갈라선 참담한 이별 뒤에 아무것도 없
지만
그래도 나는 살아서 돌아가고 싶구나
살아남아 너를 더 뜨겁게 부르고 싶구나.

여행의 종착
― 작은 엽서 · 22

차를 타고 땅 위를
배를 타고 바다 위를
그리고 비행기를 타고 하늘을 돌아다녔다
불현듯,
너를 등지고 떠나곤 했던
얼마 동안의 여행
몇 개의 간이역과
몇 개의 항구와
그리고 낯선 이국의 하늘
그러나 나는 결국 네게로 돌아왔다
여행의 종착은 언제나 처음 너였다.

그 마을에 아직도

그 마을, 그 호젓한 산골 마을에 나를 미워하는
네가 살았지.

안으로 들어가지는 못하고 늘 멀찌감치 숨어서만
바라보았지.

그 마을, 그 멀고 가까운 마을에 내가 좋아하는
네가 살았지.

하염없이 바라보는 동안 너는 어디론가 훌쩍 떠나
고 없었지.

그 마을, 그 폐허의 마을에 네가 아닌 내가 들어
가 살았지.

끝내 못 떠나는 마음이 우우 산짐승처럼 울부짖으
며 있었지.

소소한 그리움을 위하여
— 작은 엽서 · 23

밀물만 무심코 다녀가는
외진 바다 기슭에
갯고둥이 살고
저 혼자서 살고.

아무도 오지 않는
산골짝 굴참나무 이파리마다
흰 달빛이 살고
눈부시게 살고.

너 떠나간
마음의 빈 방엔 아직도
네가 살고
사무치게 살고.

침향처럼 천년을

지상에 와서 네 사랑을 얻지 못한 나를
그만 바다에 던져다오
지상에 와서 한목숨 불사르지 못한 나를
차라리 갯벌에 묻어다오.

민물과 바닷물이 만나는 변방의 바닷가
세상의 온갖 슬픔들이 떠내려 쌓인
이 진창의 갯고랑에 묻힌 참귀목처럼
산 채로 묻혀 삭아가겠노라
너를 향한 그리움 하나만을 간직한 채
천년의 세월을 기다리겠노라.

그리하여 먼 훗날 진녹색 침향으로 떠서
조각배처럼 너의 항구에 홀연히 닿겠노라
은은한 향기로 다시 너의 이름을 부르겠노라.

너를 안고 내가 우네
― 작은 엽서 · 24

꽃은 다투어 피는데
너는 속절없이 지네.

벚꽃 흐드러진 하동포구 칠십 리.

꺼져가는 너의 생명을 업고서
이승의 마지막 꽃구경 가는 길.

꽃은 환장하게 피어나는데
벌 나비 어지럽게 나르는데

아,

너는 꽃을 보며 웃고
나는 너를 안고 우네.

농어

내 사랑은 이승과 저승에 두루 뻗쳐서
밤마다 꿈의 바다에 낚싯대를 드리우네.

너는 이승에서 내가 놓친 대물 농어
그 어떤 물고기로도 대신할 수 없는 월척.

네 퍼덕이는 영혼을 다시 건져 올리기 위해
이승의 경계 너머 저승까지 찌를 흘렸지.

생의 절반이 썰물처럼 빠져나간 어느 날이던가.
마침내 농어가 낚시를 물고 늘어졌네
세계가 감전된 듯 밤새 전율이 계속됐지.

수면을 박차고 치솟는 요란한 바늘털이로
이승의 잠이 은비늘처럼 부서져 내렸지.

그렇게 너는 전설처럼 내 뜰채에 담겼지만
끝내 너의 영혼을 이승으로 견인할 수 없었네.

눈을 뜨자 다시 돌려보내는 것으로
내 오랜 기다림의 농어낚시는 끝났네.

비래도
— 작은 엽서 · 25

내 사랑은 다녀갔다, 한 번
다녀간 뒤 다시는 돌아오지 않았다.

썰물 지듯 세월이 빠져나가고
내 사랑 바다로 가 섬이 되었다.

이미 다녀갔다 내 사랑은, 한 번
사랑의 형식은 그것으로 완벽하다.

＊ 비래도飛來島 : 전남 강진만에 떠 있는 자그마한 무인도. '비
라도'라고도 부름.

하나의 사랑을 위한 수많은 세레나데

이형권(문학평론가)

1. 떠나간 사랑

여기, 오직 하나뿐인 사랑을 위해 한평생 수많은 세레나데를 부르며 살아온 한 사내가 있다. 그의 사랑은 장마를 몰고 오는 먹구름 사이에서 잠깐 빛나던 햇살처럼 한순간 나타났다가 사라지고 말았다. 그래서 그는 사랑에 대해 "한 사람이 다녀갔다. 다녀간 뒤 다시는 돌아오지 않았다."(『시인의 말』)고 고백할 수밖에 없다. 이때 "한 사람"은 그에게 그 무엇과도 바꿀 수 없는 절대적인 사랑의 대상으로서, 현실의 존재라기보다는 그의 영혼을 사로잡고 있는 어떤 이상적 존재로 보는 편이 좋겠다. "한 사람"이 구체

적 현실의 존재일 수 없다는 사실은 "다녀갔다"는 말 속에 이미 함의되어 있다. 더구나 "다시 오지 않았다"고 했으니 "한 사람"은 도저히 현실의 존재가 될 수 없는 것이다. "한 사람"과의 오직 한 번의 사랑은 현실 너머에 존재하는 그 무엇일 뿐이다. 그는 그 무엇을 위해 한평생 수많은 세레나데를 불러왔다.

그의 사랑은 승화된 원점회귀의 구조를 지닌다. 그에게 사랑은 '한 순간의 사랑—상처와 고통—영원한 이별—고독과 그리움—영원한 사랑'의 구조를 갖는다. 즉 사랑에서 시작하여 상처와 이별과 고독을 거쳐 다시 사랑으로 회귀한다. 그런데 그 회귀는 단순히 처음으로 돌아감이 아니라 승화된 돌아감, 다시 말해 순간의 사랑에서 영원의 사랑으로 나아가는 도정이라 할 수 있다. 현실의 육신과 감정 등속에 얽매인 사랑에서 벗어나 그 너머의 영혼과 포용과 배려의 사랑으로 나아가는 것이다. 하여 그의 이별 중에 가장 참담했던 사별조차도 "죽음으로 갈라선 참담한 이별 뒤에 아무것도 없지만/ 그래도 나는 살아서 돌아가고 싶구나/ 살아남아 너를 더 뜨겁게 부르고 싶구나."(「제주 비가」)라는 시상으로 귀결된다. 죽음으로 갈라선 사람과의 사랑마저도 사랑은 진행

형으로 남아 있는 것이다.

그의 세레나데는 고독하고 슬프고 고통스럽다. 그의 사랑은 언제나 실패한 사랑이어서 그 누구와도 완전한 사랑에 이르지 못했기 때문이다. 완전한 사랑의 부재, 그것은 그가 일평생을 그토록 간절하게 사랑을 좇아 헤매고 다닌 이유이다. 그는 어린 시절부터 순정한 사랑의 마음을 간직하고 살아왔다. 청년기에는 주체할 수 없는 사랑의 열정으로 가슴이 타올랐고, 그 열정만큼이나 많은 상처와 방황 속에서 살았다. 그는 이제 인생의 원숙한 경지에 도달했지만, 아직도 사랑은 미완성으로 남아서 그의 가슴 속에서 일렁이고 있다. 일평생 완전한 사랑에 이르지 못하는 것은 그가 인간이라는 유한적 존재이기 때문이다. 인간이라면 누군들 완전한 사랑에는 이를 수 없는 숙명을 지니고 태어났다. 라깡의 말을 빌리면 '성관계는 없다'. 다만 완전한 사랑을 향해 끊임없이 세레나데를 부를 뿐인데, 그 끊임없는 부름이 바로 인간이 추구할 수 있는 최선의 사랑의 방식이라고 할 수 있다. 그는 인간이 지닌 이러한 숙명을 일찍이 간파하고 그 아픔을 있는 그대로 마음 깊이 간직한 채 사랑을 노래하며 살아가고 있다. 그는 사랑의 속성을 깨달은 사랑의 고수임에 틀림없다.

그가 평생토록 불러온 수많은 세레나데는 저마다 애절한 사연들을 간직하고 있다. 하나의 사랑을 향한 아련한 추억, 고독과 방황, 이별의 고통, 재회의 소망 등과 관련된 사연들이 이 시집에 빼곡하게 담겨 있다. 물론 이러한 사연들은 하나같이 슬픔과 외로움을 동반하고 있어서 듣는 이들의 마음을 아프게 한다. 그러나 그 슬픔과 외로움은 인간적 진실이라는 이름으로 바꾸어 부를 수 있는 것들이어서 아름답다. 그는 사람들이 감추고 싶어 하는 사랑의 실패에 대해 정직하게, 너무도 정직하게, 그리하여 진실하게, 너무도 진실하게 노래를 한다. 정직과 진실은 인간의 모습 가운데 가장 아름다운 것이므로 그 노래는 아름답게, 너무도 아름답게 들린다. 이제 그 사연에 귀를 기울이면서 그가 부르는 슬프도록 아름다운 사랑의 세레나데를 하나하나 들어보기로 한다.

2. 하나뿐인 사랑

김선태 시인의 세레나데는 하나의 사랑만을 위

한 것이다. 그리고 그의 세레나데는 그 무엇을 요구하거나 목적성을 지니지 않은 채 오직 사랑 그 자체만을 위한 노래이다. 이러한 특성은 그의 사랑 노래가 얼마나 절실하고 절대적이고 진실한 것인가를 가늠할 수 있게 해준다. 그가 추구하는 사랑이 궁극의 존재로서의 시니피에라고 한다면, 그의 사랑 노래는 그 사랑을 향한 다양한 시니피앙이라는 사실을 환기해준다. 가령 "나 세상에 태어나/ 너라는 독살에 갇힌 적이 있다 딱 한 번/ 갇힌 뒤 지금도 빠져나가지 못했다/ 폐허의 갯바닥에서 한 마리 숭어처럼 파닥이고 있다"(『독살』)에 그러한 사실이 잘 드러난다. "너라는 독살"은 "나"를 사랑이라는 그물망 속에 가두어 주는 존재이다. 그는 그곳에 "딱 한 번" 갇힌 뒤에 한 평생을 거기에서 벗어나지 못하고 있다고 한다. 그는 오직 하나뿐인 사랑을 노래하는 것이다.

딱 한 번뿐인 사람

그만,

산모퉁일 돌아가신 뒤

털썩, 세상 어둠 주저앉는데

밭둑 너머 폭죽처럼 터지던 그리움

목화송이,

환한 눈물로 길을 밝히던 것을.

딱 한 번뿐인 사랑

차마,

울며 다녀가신 뒤

철컥, 문고리 녹슬게 걸어 잠근

마음의 빈방 봉창을

쓰러질 듯 찾아오시는 눈발

목화송이,

아.

—「함박눈」전문

　이 사랑의 주인공인 그가 경험했던 "딱 한 번뿐인 사랑"은 지금은 사라지고 없다. 그는 지나간 사랑에 유일성을 부여하면서 그 소중한 가치를 노래할 뿐이다. 그에게 사랑은 이미 지나간 것이어서 "산모퉁일 돌아가신" 상황이지만, 아직 "폭죽처럼 터지던 그리움"으로 남아 "목화송이"처럼 "환한 눈물로 길을 밝히던 것을" 잊지 못하고 있다. 그의 사랑은 현상적인 만남과 떠남을 구분하지 않는 것이어서 사랑은 그에게서 멀리 떠난 뒤에도 인생의 "길"을 환히 밝혀 주는 소중한 존재이다. 사랑이 떠난 자리인 "마음의 빈방 봉창"에 부딪치는 "눈발"마저도 그에게는 "목화송이"처럼 환한 이미지로 떠오르는 이유이다. 떠나간 사랑의 표상인 차가운 "눈발"마저도 오히려 포근하고 환한 "목화송이"처럼 마음에 자리를 잡고 있는 것이다. 이처럼 떠난 사랑을 마음속에서 끊임없이 다시 되살릴 수 있는 것은 "딱 한 번뿐인 사랑"이 갖는 유일성 때문이다. 사랑의 유일성은 다른 사랑을 꿈꾸는 것을 허락하지 않으니, 지나간 사랑일지언정 여전히 시간을 초월한 소중한 사랑으로 남아 있을 수밖에 없다. 이처럼 떠나간 사랑마저 마음 깊이 사랑할 수 있는 힘은 무엇인가? 그것은 일차적으로 상대방을 위한 배려나 포용력과 관계 깊다.

품는다는 말 속엔
한없이 넉넉하고 포근한 어깨가 있다
어미가 새끼를 품듯이.

남자는
한 여자를 품을 때

여자를 제 속에 온전히 들여앉힐 때
처음으로 어미가 된다.

한 번 제 속에 들어박힌 여자를 위해
아무리 아파도 소리 지르지 않고
기꺼이 피 흘리는 어미가 된다.

나, 세상에 와서 딱 한 번
불쏘시개 같은 여자를 품은 적 있다
그 여자를 위해 무화과처럼
붉디붉은 속울음 꽃을 피운 적 있다.
　　　　　　　　　　　　　　─「품는다는 것」 전문

　이 시의 "나"는 사랑을 '품는 것'으로 정의하고 있
다. 보통 남자들은 한 여자를 "품는다는 것"은 그녀
를 소유한다는 것으로 인식하기 십상이다. 그러나
"나"는 "품는다는 것"은 억지로 소유하려고 하기보
다는 따뜻하게 포용해야 한다는 점을 강조한다. "남
자는 여자를 품을 때"는 "여자를 제 속에 온전히 들
어앉힐 때"이고, 그때에 "처음으로 어미가 된다"고
한다. 뿐만 아니라 "여자를 위해"서는 "기꺼이 피 흘리는 어미가 된다"고 한다. 이 시에서 노래하고 있는, 남자가 사랑을 하면서 여성을 위해 모성애적 포용력을 발휘한다는 진술은, 사랑에 관한 새로운 진실의 발견이다. 이 넉넉한 사랑의 근거는 "세상에 와서 딱 한 번/ 불쏘시개 같은 여자를 품은 적 있"기 때문이다. 다시 말해 "딱 한 번"의 유일한 사랑이 그에게 "붉디붉은 속울음 꽃을 피운" 강렬한 기억으로 자리 잡고 있기 때문이다. 이토록 넓은 마음으로 포용하는 사랑은 또한 영원한 기다림의 대상으로서 반드시 돌아오리라는 확신이 없어도 좋다. 그에게는 기다림이 곧 사랑이어서, 사랑은 현실적 소유와 육체적 욕망을 넘어서서 존재하는 고귀한 대상이다.

너를 향한 마음이 내게 있어서
바람은 언제나 한쪽으로만 부네.

나는 네가 마음에 들기를 바라는 집
대문도 담장도 없이 드나들어도 좋은 집.

마음에 든다는 것은 서로에게 스미는 일
온전히 스미도록 마음의 안방을 내어주는 일.

하지만 너는 언제 돌아올지 모르는 사람

나는 촛불을 켜고 밤늦도록 기다리는 사람.

그렇게 기약 없는 사랑일지라도

그렇게 공허한 행복일지라도

너를 향한 마음이 내게 있어서

바람은 언제나 한쪽으로만 부네.

　　　　　　　　　　　　　　—「마음에 들다」 전문

　이 시의 핵심 구절인 "마음에 들다"의 "들다"는 중의적 의미를 지닌다. 하나는 '들어가다'(入)의 의미이고, 다른 하나는 '좋아하다'(好)의 의미이다. 하여 이 시에서 밝혀준 사랑의 의미는 두 사람이 서로의 마음속에 들어가서 좋아하는 일이다. "너를 향한 마음이 내게 있"다는 것은 "나"는 "너"가 마음이 든다는 의미이고, "나는 네가 마음에 들기를 바라는" 것은 "나"가 "너"의 마음에 들어서 좋아하기를 바란다는 의미이다. 그리하여 "마음에 든다는 것은 서로에게 스미는 일"이 되는 것이다. 문제는 "하지만 너는 언제 돌아올지 모르는 사람"으로서 재회를 기약할 수 없는 존재라는 점이다. 그러나 그럼에도 불구하고 "나"가 지향하는 사랑의 진실은 "촛불을 켜고 밤늦도록 기다리는 사람"이 되고자 한다는 데서 찾아진다. 진실한 사랑은 "기약 없는 사랑일지라도/ 공허한 행복일지라도" 상관없이 사랑하는 일인 것이다. "나"의 사랑은 오직 "너를 향한 마음"만이 있어서 어떠한 대가나 기약도 없이 그리워하고 기다리는 것이다.

사랑하는 사람과의 이별 이후, 그녀를 향한 기다림 속에는 그리움이라는 정서가 가득 채워진다. 이별이 기다림의 원인이라면, 그리움은 기다림의 내용인데, 김선태 시에서는 그러한 기다림과 그리움도 사랑의 한 형식이다. 그의 시에서는 이별과 그 이후의 고독하고 고통스러운 마음마저도 사랑의 또 다른 형식으로 노래된다. 이때의 사랑의 의미는 현실의 문법보다는 마음의 문법을 따르는 것이어서, "자정이 가까운데/ 어쩌자고, 불현듯, 텅 빈, 간이역/ 아득히 너를 떠나보낸 시간 속에 내가 서 있"(「어쩌자고, 불현듯」)는 것도 사랑이 된다. "자정"이라는 시간과 "간이역"이라는 공간은 경계의 시공간(전날과 다음날; 이전 역과 다음 역의 사이)이므로 사랑의 지속성을 상징하고 있는 것이다. "나"의 사랑은 현실적이거나 육체적인 것에 그치는 것이 아니므로, "너"의 몸은 이미 사라졌을지라도 "나"의 마음과 영혼의 깊은 곳에서 아직도 "너"를 사랑하고 있는 것이다. 이 사랑의 지속성은 그 대상이 오직 하나뿐인 존재이기 때문에 영원성으로 이어질 수밖에 없다. 따라서 김선태 시인이 노래하는 사랑은 '오직 하나뿐인 영원한 사랑'이라고 명명할 수밖에 없다.

3. 상처와 포용

아무리 하나뿐인 사랑이라 할지라도, 아니 오히려 하나뿐인 사랑이어서, 사랑은 근원적으로 상처를 남기게 마련이다. 사랑이 깊을수록 상처도 깊을 수밖에 없다. 랭보가 '상처 없는 영혼이 어디 있으랴'라고 노래했듯이, 세상의 모든 사랑 가운데 상처 없는 사랑이 어디 있으랴! 다만 중요한 것은 그러한 상처의 존재 여부가 아니라 그러한 상처를 어떻게 치유하는가 하는 점이다. 김선태의 시의 주인공이 상처를 치유하는 방식으로 맨 먼저 선택한 방식은 성찰이다. 그는 "누군가/ 가슴 한복판을/ 뻥,/ 포탄 구멍처럼 가져가버린 뒤/ 끝끝내 돌아오지 않는,/ 오늘도 눈먼 바람만/ 저 혼자 들락거리는,/ 캄캄한 기억의/ 한 페이지."(「맹목적인 너무나 맹목적인－작은 엽서 · 5」 전문)마저도 성찰을 하면서 상처를 넘어서려 한다. 이러한 성찰을 위해 그는 자신의 상처를 자연물에 비유하기도 한다.

내 속에 파란만장의 바다 있어
하루에도 몇 번씩 썰물이 지네.

썰물이 지면 바다는 마음 밖으로 달아나
질펀한 폐허의 갯벌 적나라하네 상처가
게들처럼 분주히 그 위를 기어다니네
찍힌 발자국들 낙인처럼 무수하네
소나기 내리면 갯벌이 제 검은 살점을
잘게 뜯어내며 오열하는 것을 보네.

밀물은 만(灣)처럼 깊숙이 파인 가슴속을
철벅이며 오네 잘 삭은 위로처럼
부드럽게 갯벌을 이불 덮네
그러나 내 속에 밤이 깊을 대로 깊어서

만조가 목까지 차올라 울렁,

울렁거릴 때 별안간 무서운 해일이 일어

마음의 해안선 전체가 넘치도록 아프네.

내 속에 파란만장의 바다 있어

하루에도 몇 번씩 밀물이 드네.

—「내 속에 파란만장」전문

　이 시에서 "파란만장의 바다"는 밀물과 썰물이 반복적으로 오가는 것처럼, 사랑의 "상처"가 마음 깊은 곳에서 일렁이고 있다는 사실을 의미한다. 파도의 물결이 만 길이나 된다는 의미의 "파란만장"은 사랑하는 이와의 이별 후에 찾아오는 격한 감정의 기복을 나타내지만, 시의 전체적 시상은 수미 상관적 구성미를 견지하면서 상당히 안정감 있게 전개되고 있다. 첫 번째 연과 두 번째 연의 "썰물"은 이별 이후에 다가온 "나"의 수렁 같은 마음을 "갯벌"에 비유하면서, 그 위를 기어 다니는 "게"의 발자국을 사랑의 "상처"로 비유하고 있다. 또한 그 "갯벌" 위로 "소나기"가 내리면서 자잘하게 파이는 상황을 "제 검은 살점을/ 잘게 뜯어내며 오열하는 것"이라고 본다.

"썰물"의 시기에 이별의 "상처"로 고통스러워하고 있는 것이다. 또한 세 번째 연과 네 번째 연의 "밀물"은 일차적으로 "상처"로 얼룩진 "갯벌"을 포용하고 치유하는 과정을 비유한다. 그러나 "밀물"은 "내 속의 밤"과 같고 "무서운 해일"과 같아서 종국에는 "상처"를 더욱 아프게 한다. 하여 "마음의 해안선 전체가 넘치도록 아프네"라고 고백한다. 결국 이 시는 이별로 인한 "나"의 "상처"를 자연현상인 "썰물"과 "밀물"이 오가는 과정과 "파란만장"으로 표현한 것이다.

이렇듯 사랑과 이별은 언제나 "상처"를 동반한기 마련이다. 뿐만 아니라 "사랑을 잃은 자의 호주머니 속은 헐겁다/ 언제나 공허한 바람이 무시로 들락거린다."(『사랑을 잃은 자의─작은 엽서 · 3』)에서처럼 사랑과 이별은 "공허"하기 그지없다. 다른 시에서도 "그 사랑의 상처 너무 커서/ 밤마다 그 상처 감싸 안고/ 몰래 우는 바람이었습니다."(『몰래 우는 바람─작은 엽서 · 15』)라고 노래한다. "바람"은 사랑의 "상처"를 더욱 아프게 하는 것인 동시에 사랑의 실체를 성찰하게 하는 매개이다. 중요한 것은 사랑의 "상처"에 대한 성찰이 생산적인 의미를 갖는다는 점이다. 진정한 사랑은 아픈 상처마저도 감싸 안는 것이자, 단한 번의 유일성으로 존재하는 것이어서, 사랑의 대상을 포용하고 기다리는 마음 또한 절대적이다. "그래, 내가 저 목포 앞바다의 절망보다 시퍼렇게/ 또넉넉하게 기다려주마."(『네가 오고 다시 가고』) 했으니, 어떤 고통 속에서도 지켜낼 줄 아는 그 기다림은 진주처럼 더 단단한 사랑의 결실을 맺는다.

진주가 보석으로 이름값 하는 것은 조개라는 숨은 배경이 있기 때문이다.

모나고 보잘 것 없는, 고통의 씨앗인, 어쩌면 원수 같은, 모래 한 알을 내뱉지 못하고 기어이 몸속 손님으로 받아들인 조개의

저 아름다운 동거.

제 피와 살점을 뜯어 먹여 마침내 완벽한 진주로 키워내고야 마는 조개의

저 지독한 사랑.

그러므로 조개는 진주의 밥이요, 집이요, 연인이
요, 모든 것이다. 이름 없는 조개는 이름 있는 진주
의 진짜 이름이다.

　　상처 난 조개만이 진주를 품을 수 있다. 진주의
중심엔 언제나 조개의 고통이 스며 있다.

　　　　　　　　　　　　　　　　　　　　—「동거」 전문

　　"조개"는 "모래 한 알"을 몸속의 상처로 받아들여
"진주"를 만든다. 만일에 "조개"에게 "모래"의 "상
처"가 없었다면 "진주"를 만드는 일은 불가능하다.
"조개"는 "모래"가 만든 "상처"에 자신의 몸의 자양
분을 제공하여 "진주"라고 하는 보석을 만든다. "조
개"는 자신에게 주어진 "상처"를 인내하고 포용하면
서 "진주"로 승화시킬 줄 아는 존재이다. 이 시는 그
러한 "조개"의 생리를 통해 사랑의 속성을 노래하고
자 한다. 사랑의 "상처"는 한 인간의 인격을 성숙하
게 한다는 점에서, 또는 사랑의 본질에 대한 성찰을
하게 해 준다는 점에서 매우 소중한 것이다. 사랑
하는 사람에게 모든 것을 내어주고 마침내 "상처"는
"진주"처럼 소중한 것이 된다. 그는 오직 한 사람만

을 사랑하고, 진심으로 사랑을 하고, 모든 것을 내어주는 사랑을 하고, 고통을 감내하면서 마침내 하나의 위대한 사랑을 완성한 것이다. "상처 난 조개만이 진주를 품을 수 있다"는 결구는 바로 그러한 사랑의 속성을 적실하게 드러내 준다.

4. 사랑의 기술

단 하나뿐인 사랑을 위해 이별과 상처의 고통을 성찰하고, 조건 없는 기다림과 무한한 그리움을 간직하는 것은 사랑을 고양시키기 위해 소중한 일이다. 사랑은 운명처럼 주어지는 것이 아니라 마음으로 가꾸고 인내하는 가운데 더 큰 사랑으로 발전해 나가는 것이다. 에리히 프롬이 『사랑의 기술』에서 말하고 있듯이, 사랑은 인간 누구에게나 자동적으로 주어지는 행운이나 운명이 아니라 지식과 노력을 바탕으로 꾸준히 연마해야 하는 기술이다. 물론 그 기술은 단지 기능적인 것이 아니라 인간적 진실과 자유를 포함하는 실존적인 행위이다. 그 기술은 사랑을 부단히 성찰하면서 이별마저도 사랑의 일부로 받아들이는 마음의 연마와 깊이 관련된다.

　　사랑하는 동안 사랑은 없다
　　사랑한다는 말과 격정만 들끓을 뿐
　　바로 그래서 사랑은 곁에 없다.

　　가까이 있는 동안 사랑은 멀다
　　서로의 몸과 마음만 한껏 끌어당길 뿐
　　바로 그래서 사랑은 멀리 있다.

　　없어야 간절하게 있고
　　보이지 않아야 분명하게 보인다.

　　그러므로 사랑이여 거리 두기를 하자.

　　오지 않는 것만이 기다림이다
　　외로우니까 몸에서 마른 잎 타는 냄새가 난다
　　거기 살가죽 다 벗어버린 그리움의 뼈가 있다.

　　참사랑은 이별 후에야 온다
　　그것도 캄캄한 눈물을 오래 흘려버린 뒤에야

비로소 말갛게 찾아온다.

―「거리 두기」 전문

이 시의 핵심은, 아름다움을 제대로 인식하기 위해서는 미적 거리가 있어야 하듯이, 사랑을 온전히 하기 위해서는 사랑의 거리가 있어야 한다는 것이다. 사실 우리가 누군가와의 사랑이 진행형이라고 할 때, 그 사랑은 들뜨고 성급하고 감정적일 가능성이 매우 높다. 사랑은 냉철한 이성이나 깊은 사유보다는 감정이나 감성, 정서에 많이 의존하기 때문이다. 그러면서 사람들은 사랑하는 동안 많이 울고 웃는다. 연인들은 그 웃음과 울음이 사랑의 전부라고 생각하면서 격정적인 사랑을 하곤 한다. 그러나 그것은 "서로의 몸과 마음을 한껏 끌어당길 뿐"이어서 상대방을 배려하고 자유롭게 놓아주는 사랑을 포기하게 된다. "끌어당길 뿐"인 소유욕과 집착심을 사랑이라고 착각하면서 살아가는 것이다. 그러나 "없어야 간절하게 있고/ 보이지 않아야 분명하게 보인다."라고 말하듯 사랑은 일정한 시공간적 거리를 두었을 때 비로소 그 실체를 깨닫게 된다. 그리하여 사랑에 관한 한 "참사랑은 이별 후에야 온다"는 독

특한 진술이 성립된다. 사랑과의 "거리 두기" 즉 "이별"을 겪은 뒤에라야 진짜 사랑의 의미를 깨닫게 되는 것인데, "이별"마저도 사랑으로 승화시킬 줄 아는 이러한 사랑의 지혜는 사랑의 고급 기술이다.

김선태 시인이 강조하는 사랑의 기술 가운데 또 하나는 기다림이다. 사랑하는 상대에게 조급한 마음으로 사랑을 강요하는 것은 사랑이라고 말하기 어렵다. 사랑은 그것이 찾아올 때까지 끈질기게 기다리는 것이다. 이 기다림은 결코 사랑에 소극적인 마음이 아니라 상대방과의 공감을 위한 필수 요건이다. 상대방이 사랑할 모든 준비가 될 때까지 묵묵히 기다려 주는 것이야말로 사랑의 중요한 기술 가운데 하나이다.

지상에 와서 네 사랑을 얻지 못한 나를
그만 바다에 던져다오
지상에 와서 한목숨 불사르지 못한 나를
차라리 갯벌에 묻어다오.

민물과 바닷물이 만나는 변방의 바닷가
세상의 온갖 슬픔들이 떠내려 쌓인

이 진창의 갯고랑에 묻힌 참귀목처럼
산 채로 묻혀 삭아가겠노라
너를 향한 그리움 하나만을 간직한 채
천년의 세월을 기다리겠노라.

그리하여 먼 훗날 진녹색 침향으로 떠서
조각배처럼 너의 항구에 홀연히 닿겠노라
은은한 향기로 다시 너의 이름을 부르겠노라.

　　　　　　　　　　　　　―「침향처럼 천년을」 전문

　이 "지상"에서 사랑에 실패한 "나"의 마음가짐은
"침향처럼 천년을" 기다리겠다는 의지가 꼿꼿하다.
"침향"이란 오랜 세월 동안 물에 잠겨 있는 "참귀목"
혹은 향나무를 일컫는데 이것은 물에 잠겨 있는 동
안에 유용한 성분이 많이 생성되어 한약재로 쓰이는
귀한 목재이다. "나"는 사랑의 기다림 또한 그와 같
은 속성을 지닌다는 사실에 주목한다. 그래서 이승
에서의 사랑에 실패한 "나"가 "너를 향한 그리움 하
나만을 간직한 채/ 천년의 세월을 기다리겠노라."고
한다. 이때의 "그리움"은 "침향"의 수액처럼 인간 영
혼에 유용한 성분을 의미한다. "나"는 지나간 사랑

을 향한 "그리움"을 통해 지나간 사랑의 진실을 내면화시키고 사랑의 의미를 깊이 인식하면서 "침향"처럼 고귀한 사랑의 의미를 깨닫겠다고 한다. 즉 무한정 기다리고 기다려서 마침내 "먼 훗날 진녹색 침향으로 떠서/ 조각배처럼 너의 항구에 홀연히 닿겠노라"는 것이다. 이 무한의 그리움과 기다림은 사랑의 밀도를 더욱 드높이는 요소인 것이다. 나아가 그러한 그리움과 기다림은 "내 사랑은 이승과 저승에 두루 뻗쳐서/ 밤마다 꿈의 바다에 낚싯대를 드리우"고, "너는 전설처럼 내 뜰채에 담겼지만/ 끝내 너의 영혼을 이승으로 견인할 수 없"어서, "다시 돌려보내는"(『농어』) 과정과 다르지 않다. "나"는 그리움과 기다림의 끝에서 다시 그리움과 기다림을 시작하는 것, 이것이 바로 사랑이라는 진실을 마음 깊이 깨달은 것이다.

5. 영원한 사랑

하나뿐인 사랑을 위한 수많은 세레나데의 중심 테마는 영원한 사랑이다. 이 사랑의 영원성은 만남의 시간이나 이승의 공간에만 존재하는 것이 아니라 이별의 시간이나 저승의 공간까지 포괄하는 것이다. 하여 사랑은 인간의 삶을 영원히 살게 하는 소중한 것이다. 사랑에 관한 현인들의 대화로 유명한 플라톤의 『향연』에 의하면, 사랑은 유한한 인간이 좋은 것과 행복한 것에 대한 갈망을 추구하는 하나의 방법이다. 즉 에로스는 육체나 영혼의 자식을 생산케 함으로써, 인간의 유한성을 벗어나 순도 높고 영원한 아름다움의 이데아에 도달하게 해준다. 사랑하는 사람들 사이에 태어난 육체의 자식은 인간의 유한한 삶에 영속성을 부여해주고, 그들 사이에 태어난 영혼의 자식은 고귀한 사랑의 마음을 대대손손 이어지게 해주는 것이다. 그러므로 사랑은 인간이 육체적, 정신적으로 유한한 인간이 영속성을 확보하여 영원히 아름다운 세계에서 살아가게 한다. 그리고 그 사랑은 오직 단 한 번만으로도 충분하다.

내 사랑은 다녀갔다, 한 번
다녀간 뒤 다시는 돌아오지 않았다.

썰물 지듯 세월이 빠져나가고

내 사랑 바다로 가 섬이 되었다.

이미 다녀갔다 내 사랑은, 한 번
사랑의 형식은 그것으로 완벽하다.
　　　　　　　　—「비래도–작은 엽서 · 25」 전문

　사랑의 영원성은 그 횟수와 비례하지 않는다. 영
원한 사랑은 많은 만남이 모여서 만들어지는 것이
아니라, 단 "한 번/ 다녀간" 사랑일지라도 그것을 오
롯이 숭고하게 승화시켜줄 때에 이루어진다. 즉 "내
사랑"은 비록 "한 번/ 다녀간 뒤 다시는 돌아오지 않
았"지만, "바다로 가 섬이 되어" 사랑은 영원한 것
으로 승화된 것이다. 그 "섬"은 사람과 사람, 사랑
과 사랑을 이어주는 정신적 가치, 혹은 이별과 상
처, 그리움, 기다림 등과 같은 수많은 사연들이 응
축된 고귀한 사랑의 표상이다. 이처럼 "섬"으로 표
상된 위대한 사랑의 성채는 상처와 이별마저 더 큰
사랑으로 포용하고, 사랑의 두 주체인 나와 너 또한
하나의 "섬"처럼 일체화된 존재이다. 더구나 아래의
시에서처럼 "여행의 종착은 언제나 처음 너였다"고
했으니, 사랑은 처음과 끝마저 분별되지 않는 영원

회귀의 메커니즘을 간직한다. 위대한 사랑은 그 시작과 끝, 주체와 객체, 만남과 이별, 과거와 현재마저도 하나로 아우르는 대원융大圓融의 미덕을 간직한다. 그것이 비록 한순간 나타났다 사라져버린, 미완의, 아픈 사랑일지라도.

차를 타고 땅 위를
배를 타고 바다 위를
그리고 비행기를 타고 하늘을 돌아다녔다
불현듯,
너를 등지고 떠나곤 했던
얼마 동안의 여행
몇 개의 간이역과
몇 개의 항구와
그리고 낯선 이국의 하늘
그러나 나는 결국 네게로 돌아왔다
여행의 종착은 언제나 처음 너였다.

　　　　　　　—「여행의 종착—작은 엽서 · 22」 전문

저자 약력 김선태

1960년 전남 강진에서 태어났다. 1993년 《광주일보》 신춘문예 당선과 월간 『현대문학』 추천으로 등단했다. 시집으로 『간이역』 『작은 엽서』 『동백숲에 길을 묻다』 『살구꽃이 돌아왔다』 『그늘의 깊이』를, 문학평론집으로 『풍경과 성찰의 언어』 『진정성의 시학』을 펴냈다. 애지문학상, 영랑시문학상, 전라남도문화상을 수상했으며, 중학교 3학년 국어교과서(미래엔), 고등학교 1학년 국어교과서(천재교육), 고등학교 문학교과서(비상)에 시 3편이 수록되기도 했다. 현재 목포대 국문학과 교수로 재직 중이다.

ksentae@hanmail.net

시작 감성시선 0001 한 사람이 다녀갔다

1판 1쇄 펴낸날 2017년 8월 28일
지은이 김선태
펴낸이 이재무
책임편집 박은정
디자인 김상훈
펴낸곳 (주)천년의시작
등록번호 제301-2012-033호.
등록일자 2006년 1월 10일
주소 (04618) 서울시 중구 동호로27길 30, 413호(묵정동, 대학문화원)
전화 02-723-8668
팩스 02-723-8630
홈페이지 www.poempoem.com
이메일 poemsijak@hanmail.net

ⓒ김선태, 2017, printed in Seoul, Korea

ISBN 978-89-6021-334-0 04810
      978-89-6021-333-3 04810(세트)

값 10,000원

 이 시집은 전남문화관광재단으로부터 2017년 문예진흥기금을 지원받아 출
 간되었습니다.